Le Noël de Pétunia

Jean Little

Illustrations de
Werner Zimmermann

Texte français de
Hélène Pilotto

Les éditions Scholastic

Cette histoire est pour Maggie Jean Smart (14 mai 2002), une petite fille exceptionnelle.
— J.L.

Pour Isabella L.A. Kensington, amie et inspiratrice.
— W.Z.

Les illustrations de ce livre ont été réalisées à l'aquarelle et au crayon sur du papier d'Arches pour aquarelle.

Le texte a été composé en caractères Usherwood Medium de 16 points.

Catalogage avant publication de la Bibliothèque nationale du Canada

Little, Jean, 1932-
[Pippin the Christmas pig. Français]
Le Noël de Pétunia / Jean Little ; illustrations de Werner Zimmermann.

Traduction de: Pippin the Christmas pig.
Pour enfants.
ISBN 0-439-96934-4

I. Zimmermann, H. Werner (Heinz Werner), 1951- II. Titre.
III. Titre: Pippin the Christmas pig. Français.

PS8523.I77P5614 2003a   jC813'.54   C2003-901858-X
PZ23

Édition publiée par Les éditions Scholastic, 175 Hillmount Road, Markham (Ontario) L6C 1Z7 CANADA.

6 5 4 3 2 1   Imprimé au Canada   03 04 05 06 07

Pétunia regarde Caboche, le vieil âne grincheux.

— Tu sembles bien énervé, dit-elle.

— Il y a de quoi, répond Caboche. Demain, c'est Noël!

— C'est quoi, Noël? demande
Pétunia.

— C'est quoi, Noël? répète Caboche.
Ne fais pas l'ignorante, Pétunia. Tout le
monde connaît Noël.

Le bout des oreilles du cochonnet
se met à foncer.

— Tu te souviens sûrement que
c'est ma famille qui a offert le premier
cadeau, continue Caboche. La mère
de l'enfant a voyagé à dos d'âne
jusqu'à Bethléem. Noël ne pouvait
pas commencer avant qu'elle ne soit
rendue là-bas.

La queue de Pétunia se désentortille.

— On ne m'a jamais parlé de Noël,
à moi, dit-elle.

— Ma mère disait qu'ils ont failli
être en retard à cause de ce lambin
d'âne, meugle doucement Margot
la vache. Mon arrière-arrière-arrière-
grand-mère a donné sa mangeoire
pour qu'on y couche l'enfant. Sans
elle, le bébé aurait dormi sur le sol.
Cette mangeoire était le meilleur
des cadeaux.

— Quel bébé? Quelle mangeoire? demande Pétunia.

Personne ne l'entend.

— Je ne sais toujours pas ce que c'est, Noël, dit-elle.

— La paille de cette mangeoire était bien piquante, grommelle Blandine la brebis. Elle aurait pu égratigner le visage de l'enfant. L'une de mes ancêtres a donné la douce toison de son agneau pour couvrir ce lit de fortune. Cette laine a été un cadeau très apprécié, je vous assure.

Les oreilles de Pétunia sont maintenant rose vif.

— Mais où étaient les cochons? demande-t-elle de sa plus grosse voix.

— Ne sois pas ridicule, Pétunia, répond Margot. Les cochons n'ont rien à voir avec Noël. Qu'est-ce qu'un cochon aurait pu offrir à un bébé, surtout un bébé aussi extraordinaire que celui-là?

— S'il y avait des ânes, des vaches et des moutons, il devait bien y avoir des cochons, rétorque Pétunia.

Une fois de plus, personne ne l'écoute.

— Mes arrière-grands-parents ont endormi l'enfant avec leur chant, annonce le pigeon Roucou. Tous ces anges et ces bergers l'empêchaient de dormir, mais mes aïeuls lui ont roucoulé une berceuse. Cette nuit-là, ce chant a été d'une importance capitale.

Pétunia frappe le sol de son petit sabot.

— Mais les cochons, qu'est-ce qu'ils ont fait? insiste-t-elle. Ils étaient sûrement là et ont sûrement fait quelque chose.

Les autres se moquent d'elle.

— Il n'y avait aucun cochon. Quelle idée! Cet enfant était un roi et cette étable, un lieu sacré. Les cochons n'avaient rien à faire là.

Margot prend la parole.

— Il faut que tu te rendes à l'évidence, Pétunia. Qu'est-ce que les cochons auraient pu apporter à un enfant roi? Les cochons n'ont rien de bon à offrir.

Pétunia baisse la tête. Elle se dirige lentement vers la porte de la grange, qui est entrouverte.

Avec son groin, elle l'ouvre davantage. Pétunia sent qu'elle doit partir d'ici.

Une fois dehors, elle attend un peu. Peut-être vont-ils la rappeler?

Mais personne ne l'appelle. Ils n'ont même pas remarqué son départ.

— Je m'en vais là où les cochons sont plus importants que Noël, annonce-t-elle d'une voix tremblante. Et je ne reviendrai jamais!

Pétunia se met en route. Une rafale de vent la fouette en pleine face. Des flocons de neige piquent ses yeux et gèlent le bout de ses oreilles. Elle meurt d'envie de faire demi-tour, mais elle se force à continuer.

Le froid est vif. La poudrerie l'empêche déjà de voir la grange. Elle croise un vieil épouvantail au regard inquiétant qui agite un bras déguenillé dans sa direction.

Plus loin, Pétunia aperçoit un geai bleu. Ses plumes sont toutes retroussées. Le pauvre oiseau est trop mal en point pour songer à signaler au voisinage le passage du cochonnet.

Pétunia a mal aux pattes et sa queue est devenue un glaçon.

— Je vais mourir, gémit-elle en trébuchant. Si je ne fais pas demi-tour, c'est la fin.

Mais Pétunia a juré de ne jamais retourner à la grange. Les autres animaux ne veulent pas d'elle. Ils pensent que les cochons ne sont bons à rien.

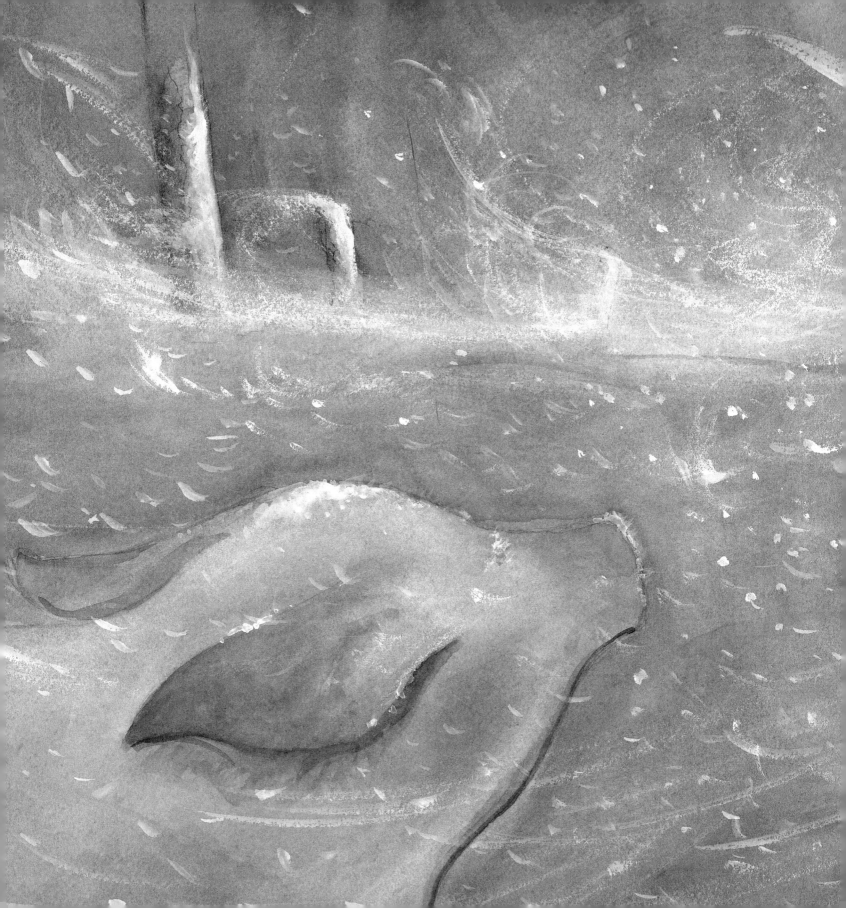

Pétunia finit par atteindre la route principale. Elle regarde la boîte aux lettres avec envie. Si seulement elle pouvait y grimper... Elle poursuit son chemin.

Elle s'arrête plus loin pour reprendre son souffle. C'est alors qu'elle aperçoit une femme qui marche vers elle, dans la tempête. Elle tient un bébé dans ses bras.

Le cochonnet s'approche pour mieux voir. La femme titube. Elle ne porte ni gants ni chapeau, et son manteau est mince. La petite fille est profondément endormie et sa tête dodeline sur l'épaule de sa mère. Elle semble bien lourde à porter. Il est évident que la femme ne pourra pas aller bien loin.

— Pauvres elles, murmure Pétunia, oubliant un instant ses propres tracas.

— Là, là, chuchote la maman à son bébé. Nous trouverons peut-être une grange où nous mettre à l'abri.

Elle frissonne.

— La maison de maman est encore bien loin. J'ai si froid et je suis si fatiguée...

Pétunia sursaute. Elle sait où trouver une grange. Elle a juré de ne jamais y retourner, mais il s'agit d'un cas urgent.

— Suivez-moi, grogne-t-elle à l'intention de la femme.

Pétunia pousse la femme légèrement et la guide ainsi jusqu'au long chemin menant à la ferme.

Le vent a-t-il diminué? Pas vraiment, mais Pétunia a moins froid maintenant. Même le sourire du vieil épouvantail lui semble plus amical.

Pétunia franchit la porte de la grange.

— Écoutez-moi, lance-t-elle aux autres animaux.

— Plus tard, Pétunia! répond Caboche. Nous faisons des projets pour Noël.

— Je m'en fiche! crie le cochonnet. Noël, c'est de l'histoire ancienne. Il y a ici un bébé qui a besoin d'un lit IM-MÉ-DIA-TE-MENT.

Margot reste bouche bée en apercevant la femme et l'enfant.

— C'est l'histoire de Noël qui se répète, murmure la femme en entrant dans la grange.

Elle dépose doucement son bébé sur la paille de la mangeoire. La petite se roule en boule et se met à sucer son pouce.

— Tu es un ange, petit cochon. Il fait bon ici, ajoute la femme en s'installant tout près sur une botte de foin. On se sent en sécurité.

— Regardez-moi ça, chuchote Roucou peu de temps après. Elles sont déjà endormies.

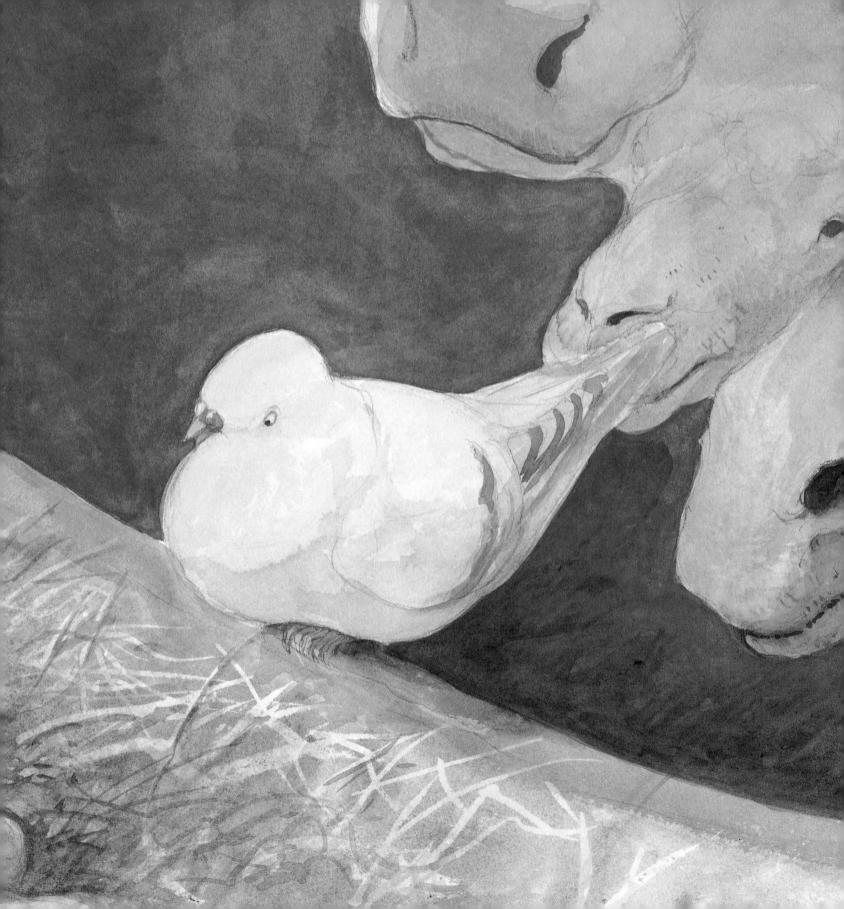

Tous les animaux se tournent vers Pétunia.

— Qui est cette femme? demande Blandine d'un ton sec.

— On ne peut pas laisser entrer n'importe qui ici, Pétunia, ajoute Caboche.

— Mon arrière... commence Margot. Mais Pétunia l'interrompt.

— Il nous faut du lait. Il nous faut de la laine chaude et douce. Et il nous faut ta vieille couverture, Caboche. Il nous faut aussi beaucoup de berceuses. Vos arrière-grands-parents ne sont plus là. C'est à vous d'aider ce bébé maintenant.

— Mais il s'agit d'un bébé ordinaire, proteste Caboche.

— Aucun bébé n'est ordinaire, répond Pétunia. Tous les bébés sont extraordinaires.

Caboche contemple le petit visage endormi.

— Tu as raison, dit-il. J'avais oublié.

Lorsque le fermier et sa femme viennent nourrir les animaux, ils voient d'abord la jeune femme endormie sur la paille, sous la vieille couverture de Caboche. Puis ils aperçoivent le bébé couché dans la mangeoire.

— C'est Noël, dit l'homme doucement. Ici même, dans notre grange. C'est un miracle.

— Chut! murmure sa femme. Laissons-les dormir. Nous veillerons sur elles et, plus tard, nous verrons si elles ont besoin de notre aide.

Une fois le fermier et sa femme repartis, Pétunia jette un coup d'œil autour d'elle et voit ce qu'ils ont vu : la chaude couverture de Caboche, la douce laine de Blandine, le lait et la mangeoire de Margot. Sa petite queue s'abaisse.

— Vous aviez raison, dit-elle. Aucun de ces cadeaux ne vient de moi. Les cochons n'ont vraiment rien de bon à offrir. Je vous remercie tous de votre gentillesse.

Les trois animaux regardent le cochonnet.

— Ne sois pas si bête, Pétunia, dit doucement Margot. Tu nous as fait vivre un Noël merveilleux. Grâce à toi, nous avons appris à donner par nous-mêmes, au lieu de vanter les exploits de nos ancêtres. Ne vois-tu pas que c'est là le plus beau des cadeaux?

— Qui aurait cru ça? s'esclaffe Caboche. Il a fallu un petit cochon de rien du tout pour nous enseigner ce qu'est vraiment Noël!